PEQUEÑAS HISTORIAS
Agradables delicias

Traducción de Susana Andrés y Julia Osuna Aguilar

pirueta

Título original:
Les Petites Histories du Soir. Délices et gourmandies

Primera edición: mayo de 2011

© 2011 Éditions Gründ
de esta edición: Libros del Atril S. L.
© de la traducción Susana Andrés:
La gallinita roja, El ogro vegetariano, La inteligente Margot,
El delicioso veneno, El gato y el ratón, Hansel y Gretel,
La historia del frambueso.
© de la traducción Julia Osuna Aguilar:
La cacerola mágica, Munacar y Manacar, La olla de barro.
Av. Marquès de l'Argentera, 17, Pral.
08003 Barcelona
www.piruetaeditoral.com

Impreso y encuadernado por Nexus
ISBN: 978-84-15235-10-1
Depósito legal: M. 15.792-2011

Índice

La cacerola mágica 4

La gallinita roja 10

El ogro vegetariano 14

La inteligente Margot 22

Munacar y Manacar 27

El delicioso veneno 33

La olla de barro 38

El gato y el ratón 43

Hansel y Gretel 50

La historia del frambueso 57

La cacerola mágica
Cuento ilustrado
por Didier Graffet

É rase una vez
una viuda
que vivía
con su hijo en una
cabaña y que por todo
bien poseía una vaca.
Cierto día el amo del lugar, harto de que le pagasen con retraso,
exigió la renta para el día siguiente. La pobre mujer tuvo
que mandar a su hijo a la feria del ganado para vender la vaca.
Por el camino se topó con un hombre que asía por el mango
una cacerola negra de hollín.

—¿Adónde vas con esa vaca? —le preguntó el anciano.

—A la feria —respondió con gran tristeza el muchacho—,
a venderla. Necesitamos dinero para pagar la renta, nuestro amo
no quiere esperar más…

—¡Te la compro! —le dijo el viejo—. Si me das tu vaca,
te doy a cambio mi cacerola.

—¡Imposible! —exclamó el joven—. ¡Necesitamos dinero contante y sonante!

—No temas —le dijo amablemente el anciano—, esta cacerola te dará todo lo que desees, incluso dinero. Solo tienes que ponerla sobre el fuego y ya verás…

El joven, convencido por la cara de buena persona de su interlocutor, cambió la vaca por la cacerola negra de hollín y regresó a casa. A su madre le sorprendió verle tan pronto de vuelta, y, al saber lo que había hecho, se disgustó.

Pero de repente el hijo
recordó las palabras del viejo
y puso la cacerola al fuego.

—¡Aúpa, aúpa! ¡Me voy! —exclamó
la cacerola en cuanto las llamas lamieron el metal.

—Pero ¿adónde? —preguntó el joven,
asombrado al verla hablar.

—¡A las cocinas
de vuestro amo!

La cacerola desapareció
y, antes de que el joven se
repusiera de su estupor, volvió
por el conducto de la chimenea
y se posó en la mesa. Estaba
llena de un rico caldo. La madre
y el hijo lo disfrutaron. ¡Hacía
mucho tiempo que no
calmaban su hambre!

—Hoy hemos comido,
pero ¿qué comeremos mañana?
—sollozó de nuevo la madre
unas horas después.

El joven puso la cacerola al fuego una vez más.

—¡Aúpa, aúpa! ¡Me voy! —repitió.

—Pero ¿adónde? —preguntó el muchacho.

—¡A la despensa de vuestro amo!

La cacerola desapareció y, un instante después, estaba de vuelta en la mesa, rellena de harina, tocino y carne.

La madre y el hijo guardaron todas las provisiones en el aparador, pero al rato la madre volvió a lamentarse.

—Tenemos provisiones para una semana, pero ¿cómo vamos a pagar la renta?

El joven puso la cacerola al fuego una tercera vez.

—¡Aúpa, aúpa! ¡Me voy! —exclamó.

—Pero ¿adónde? —preguntó el muchacho.

—¡A la caja fuerte de vuestro amo!

Desapareció otra vez para regresar en menos que canta un gallo. ¡Rebosaba de monedas de oro! La viuda y el hijo se disponían a contarlas cuando oyeron unos terribles gritos procedentes de la chimenea. El amo estaba atascado en el conducto, no podía ni subir ni bajar. Había sorprendido a la cacerola llenándose de oro y la había agarrado por el mango para impedir que huyese.

—¡Ladrona, no te soltaré! —había aullado.

Pero la cacerola había salido volando por la ventana, arrastrándole tras de sí por el aire, hasta el conducto de la chimenea, demasiado estrecho para su barrigón.

—¡Ayudadme a bajar! —aullaba—. Ayudadme si no queréis que os castigue.

La viuda, aterrada, se apresuró a obedecer, pero el hijo, que reía con ganas, se lo impidió:

—¡Quédate donde estás! —le dijo, y echó al fuego un puñado de hojas mojadas. Despidieron un espeso humo y el hombre, atascado en el conducto, empezó a toser.

—¡Sacadme de aquí —suplicó esta vez— y olvidaré vuestras deudas!

La viuda, encantada con la promesa, quiso ayudarle, pero el hijo la detuvo:

—¡Quédate donde estás! —le dijo riendo de lo lindo.

—Joven, si me sacas de aquí —gimoteó el señor, tosiendo y asfixiándose—, te dejaré casarte con mi hija y te daré todo el dinero que quieras.

El muchacho subió al tejado y, tirando con todas sus fuerzas de las piernas del granjero, logró sacarle.

Una semana más tarde se celebraba una bonita boda: el hijo de una pobre viuda se casaba con la hija de un señor. Era rica, pero también muy guapa.

«¿Y la cacerola?», os preguntaréis.

Fue ella la que preparó el festín y cocinó los platos más exquisitos y deliciosos que jamás se hayan probado. Y luego desapareció, pero esta vez para siempre. ¡Una pena! Mucha gente necesitaría sus servicios…

La gallinita roja
Cuento irlandés

Había una vez una gallinita roja que vivía en una granja con sus pollitos y sus amigos: el pato, el perro y el gato. Un día, mientras escarbaba la tierra del patio, encontró un diminuto grano de trigo. La gallina roja lo observó con atención. Como sabía que no podía sembrarlo sola, decidió pedir consejo a sus tres amigos.

—¿Podéis ayudarme a sembrar este grano de trigo, compañeros?

¡Pero sus amigos eran muy perezosos!

—¡No puedo, estoy durmiendo! —mintió el pato cerrando los ojos.

—¡Yo tampoco! —dijo el gato bostezando.

—¡Y yo aún menos! —ladró el perro.

—Peor para vosotros, ¡ya nos arreglaremos nosotros solos! —respondió la gallina.

La gallinita roja y sus polluelos sembraron el grano. Germinó y salió un tallo verde y bonito.

Maduró después y tomó un precioso color dorado. Ya estaba a punto para la cosecha.

—¿Quién me ayuda a segar esta planta? —preguntó la gallinita roja.

—Yo no puedo —dijo el pato antes de zambullirse en la charca.

—Yo tampoco —añadió el gato antes de marcharse.

—Yo, ¡estoy comiendo! —gruñó el perro corriendo con su hueso.

Entonces la gallinita y sus polluelos cortaron solos el tallo. Una vez hecho esto, llegó el momento de separar el grano de la paja.

—¿Quién quiere golpear el grano conmigo?

—¡No seré yo! —respondió el pato, y atrapó una lombriz de tierra.

—¡Ni yo! —añadió el gato, demasiado ocupado en perseguir un ratón blanco.

—¡Y yo menos! —insistió el perro.

La gallinita y sus polluelos tuvieron que apañárselas solos. ¡El trigo ya estaba listo para moler!

—¿Quién quiere moler el trigo? —preguntó la gallina.

—Lo lamento, ¡estoy pescando! —dijo el pato repantingándose en la charca.

—Yo prefiero quedarme cerca del fuego —ronroneó el gato.

—Yo debo vigilar la casa —se pavoneó el perro tras la valla de la granja.

—¡Ya nos espabilaremos nosotros solos! —afirmó la gallinita roja.

Sin mayor demora, partió a moler el trigo con sus polluelos.
La harina pronto estuvo lista, ¡así que solo faltaba preparar el pan!

—¿Queréis hacer el pan conmigo? —preguntó la gallinita roja.

—Yo no —dijo el pato.

—Yo tampoco —dijo el gato.

—Y yo aún menos —dijo burlón el perro.

—No importa —replicó la gallinita roja.

Una vez más, solo pudo contar con sus trabajadores polluelos.
Mezcló agua con la harina para preparar la masa. A continuación
puso la masa en el horno y, muy pronto, un delicioso olor
se extendió fuera de la cocina. El pan ya estaba cocido.
Todavía tibio, solo aguardaba a que alguien lo probara.

—¿Quién quiere probar este delicioso pan? —preguntó
la gallina roja.

—¡Yo! —exclamó el pato.

—¡Yo también! —contestó el gato entusiasmado.

—¡Y no os olvidéis de mí! —ladró el perro.

¡La gallina roja se enfadó!

—Ninguno de vosotros se ha dignado ayudarme a sembrar, segar, golpear o moler el grano. ¡Ni pude contar con nadie a la hora de cocer la masa! Por esto, solo mis polluelos y yo comeremos este delicioso pan.

Toda la familia se sentó a la mesa. Por la ventana, el pato, el gato y el perro miraban cómo la gallinita roja y sus polluelos disfrutaban de las hermosas y doradas hogazas de pan. ¡Qué comida tan suculenta! ¡Seguro que nunca habían comido un pan tan rico!

El ogro vegetariano
Cuento de Éphémère

Jolín! —exclamó el ogro, regañando a su hijo—, una sopa tan
buena con su hueso y ni siquiera te has comido una cucharada.

—Venga, Ernesto, cálmate —murmuró su esposa—,
ya comerá mejor mañana…

Todas las noches la misma cantinela, Caetano el ogrito solo
se comía el postre. Caetano era un ogro, su padre era un ogro
y su madre era una ogresa, pero Caetano odiaba la carne.
Todas las carnes, pero sobre todo la carne fresca. Y para un ogro,
eso es un fastidio…

A Ernesto, el padre, le ponía triste tener un hijo así, y Ágata,
la madre, se consolaba preparando enormes pasteles con crema

que Caetano engullía con apetito. Pues sí, hasta los ogros comen postre. Además, es lo único que se sirve sin carne.

El pequeño ogro se negaba a comer los demás platos. Se estremecía ante el pisto de ranas rojas, el conejo gratinado le provocaba náuseas y qué decir de esa famosa sopa con hueso cuyo olor habría hecho poner pies en polvorosa a todo un batallón de hurones. A escondidas, Caetano prefería mordisquear una zanahoria, roer una mazorca de maíz o hincar el diente a una manzana. Había que aceptarlo: Caetano era un ogro, pero un ogro vegetariano.

Por otra parte, los mejores amigos de Caetano eran los conejos, las tortugas y los jabalíes que vivían en el bosque de los alrededores.

En cuanto oyó la palabra ve-ge-ta-ria-no, su padre se puso verde, después azul, pasó al violeta y terminó en un rojo con motas amarillas antes de exclamar:

—¡¡¿Queeé?!! ¡¡¿Que mi
hijo come champiñones?!!
¡Qué asco!

Pues, como es natural,
a Ernesto solo le gustaba
la carne fresca. Mientras fuera
fresca, ya podía ser de conejo,
de tortuga, o de un leñador
perdido en el bosque. Para él,
los champiñones solo servían
para cazar las moscas,
que tomaba como un simple pica-pica. Cuando hubo recuperado
el color normal de ogro, Ernesto ordenó a su hijo que abandonara
la casa, pues la deshonraba negándose a comer carne fresca.

Con gran pesar de Ágata, la madre, el pequeño ogro recogió
algunas de sus cosas y se marchó.

Mientras cruzaba el bosque, Caetano contó su desgracia a sus
amigos. Entonces los conejos, las ardillas, los tejones, los jabalíes
y casi todos los animales del bosque lo siguieron en su exilio, y,
poco a poco, el bosque que rodeaba la casa de los ogros se quedó
sin caza. Cada vez con mayor frecuencia, Ernesto volvía
a casa con las manos vacías. De vez en cuando, si estaba realmente

muy hambriento, bajaba al pueblo y entraba en la carnicería
para devorar montones de entrecots acompañados de unos
cuantos pollos. En algunas ocasiones también aprovechaba para
mordisquear a algunos transeúntes de aspecto apetitoso.

Llegó el invierno. Un invierno duro. El más frío que Ernesto
y Ágata habían conocido. El ogro y la ogresa solo comían carne
cocida: hacía tanto frío fuera que todo estaba congelado.
Adiós a la carne fresca y a la ensalada de caracol.
Cada día comían un poco menos e iban
adelgazando a ojos vistas.

El día de su última
comida, un caparazón
de caracol se aburría
en medio del plato
del ogro. Este lo tomó
delicadamente entre el
pulgar y el dedo índice antes
de tragárselo con glotonería. Estaba
vacío. Ya hacía varias semanas que se había comido el caracol
que antes vivía en el interior. Ernesto aprovechó para comerse
el plato como acompañamiento del caparazón. Después se comió el
vaso, el tenedor, el cuchillo y las dos cucharas, la jarra de vino (vacía,

naturalmente) y, al final, la mesa. Se levantó para darle un bocado a la silla y, cuando hubo concluido, se volvió hacia… ¡su esposa! Estaba muy delgada, pero…

¡Toc!, ¡toc!, ¡toc!

Se oyó cómo golpeaba la puerta una fuerte mano.

—¡Adelante! —dijo el ogro, que al pronunciar esta palabra se percató de que se le había debilitado la voz al perder peso.

Cuando la puerta se abrió, una enorme silueta recortó la luz del sol poniente. ¡Era Caetano!

El pequeño ogro, que de pequeño ya no tenía nada, había partido a un lejano país donde la nieve nunca cae y donde oyó a unos viajeros contar que un terrible invierno se había abatido en la región donde había nacido. Atormentado por tales noticias, decidió regresar a su bosque natal y constató con espanto que los pueblos del valle estaban desiertos. Su inquietud creció aún más cuando descubrió el bosque totalmente cubierto de hielo. Entró en la casa de su familia lleno de angustia.

—¡Papá, mamá! ¡Cómo os habéis quedado!

El padre y la madre habían adelgazado tanto que Caetano apenas si podía reconocerlos. Sin embargo, todavía estaban vivos y ahora había regresado su hijo. Estaban salvados: Caetano les había llevado víveres.

Sin poder aguantar más, Ernesto se lanzó sobre el zurrón de su hijo. Rebuscó ávidamente en el interior y luego, impacientemente, lo volcó todo por el suelo, pues acababa de comerse la mesa.

—¡Jolín! —exclamó.

Ante sus ojos solo había zanahorias, champiñones secos, verduras y hortalizas. Ernesto adquirió un color osa pálido. Estaba demasiado cansado para ponerse de otro color. Y, con una mueca que habría hecho palidecer de envidia a la más repugnante de las brujas, se comió un diminuto champiñón, luego otro. Mordisqueó el extremo de una zanahoria, dio un bocado a una lechuga, después se zampó cinco puerros juntos,

y comió, comió y comió hasta que ya no le cabía nada más.
A su lado, Ágata no había esperado a su marido para saborear
esos deliciosos manjares y, con la barriga llena, dormía en su sillón.

—¡Pues no están tan malas estas malditas verduras! —gruñó
Ernesto. Está claro que nunca llegarían al nivel de una ensalada
de jabalíes, pero bueno…

Y se echó una siesta que duró varios días.

Al despertar, Ernesto y Ágata habían recuperado fuerzas y no
tuvieron más remedio que admitir que esas verduritas de nada eran
muy reconstituyentes. Incluso acabaron por encontrarlas ricas y las
comieron los días que siguieron y los de después.

Cuando llegó la primavera, le habían tomado tanto gusto a la
verdura que solo de pensar en comer carne fresca sentían repelús.
Hasta llegaron a preguntarse cómo era posible que les gustara la tarta
de lagartos, que, pensándolo bien, era pura y simplemente inmunda.

Caetano les enseñó a cultivar zanahorias, lechugas, puerros, y de
los terrenos baldíos que rodeaban la casa hicieron un huerto donde
crecían las verduras más hermosas de toda la región. Corrió la voz
de que los ogros habían cambiado de dieta y no tardó en extenderse
por toda la zona, así que los animales, aliviados, volvieron al bosque.

Las aldeas se fueron repoblando poco a poco y algunos
comerciantes se atrevieron incluso a ir a casa de los ogros para

cambiar algunos objetos brillantes por esos fabulosos tomates, más grandes que calabazas. Un día Ernesto cambió un pepino enorme por unas botas de siete leguas.

Tal vez le servirían algún día, ¿quién podía saberlo?

Caetano se sentía por fin feliz. Ya nadie le obligaba a devorar carne fresca, su madre le cocinaba a fuego lento esa sopa de calabaza con la que siempre había soñado y su padre solo comía verdura… Excepto alguna mosca de vez en cuando como aperitivo… Y también algún conejito de nada muy de cuando en cuando, pero eso era todo. Te lo prometo, te lo juro, ¡palabra de ogro!

La inteligente Margot
Cuento francés

Había una vez una cocinera llamada Margot. Llevaba zapatos de tacón rojos y, cuando se paseaba, miraba satisfecha a su alrededor y pensaba: «¡Tampoco estoy tan mal!» Estaba tan contenta que cuando llegaba a casa lo celebraba con un buen trago de vino. Y como el vino abre el apetito, probaba los mejores platos que cocinaba, y probaba tanto, que, una vez ya harta, decía:

—Una cocinera debe conocer la comida que prepara.

Un día su patrón le dijo:

—Margot, esta noche tendremos un invitado. Prepara los dos pollos, ¡y que estén ricos!

—Cuente conmigo, señor —respondió Margot.

Mató los pollos, los escaldó, los desplumó, los pasó por el espetón y por la noche los puso al fuego parar asarlos. Los pollos comenzaron

22

a dorarse y ya estaban casi listos; pero el invitado todavía no había llegado. Margot dijo a su patrón:

—Si su invitado no llega, tendré que sacar los pollos del fuego. Será una pena. Ahora están al punto.

El patrón respondió:

—Ahora mismo voy a buscarlo.

En cuanto volvió la espalda, Margot sacó el espetón del fuego y pensó: «De tanto estar al lado del fuego, acabas acalorado y sediento. ¡Quién sabe cuándo llegarán! Mientras espero, voy a bajar a la bodega a beber un trago». Y allí fue y se llenó un cántaro al tiempo que decía:

—¡Dios te bendiga, Margot!

Y se bebió un buen trago. El vino llama al vino, pensó, y no es fácil romper el ritmo. Así que se bebió otro cántaro más.

Subió a la cocina, puso de nuevo los pollos al fuego, los untó de mantequilla y dio vueltas la mar de contenta al espetón.

El pollo asado desprendía un olor magnífico.

—Tal vez le falte algo —dijo—. ¡Voy a probar!

Metió el dedo en la salsa, se lo llevó a la boca y dijo:

—¡Ah! Estos pollos están riquísimos. Es un pecado y una vergüenza no comérselos inmediatamente. —Se acercó a la ventana para comprobar si el patrón y el invitado llegaban: no vio a nadie.

Margot volvió a sus pollos y pensó: «Está quemándose un ala. Mejor que la saque». Cortó el ala, se la comió y le gustó. Al acabar ese trozo, se dijo: Tengo que separar también la otra ala o el patrón verá que hay algo raro». Se comió pues la otra ala también y volvió a la ventana. ¡Nadie! ¡Quién sabe qué idea le vino a la cabeza! Quizá pensó que se habían perdido… Se dijo: «Bueno, Margot, ¡no te preocupes! Como uno de los pollos ya está empezado, bebamos otro trago y acabémoslo. Después me quedaré tranquila. ¿Por qué no aprovechar los favores divinos?».

Volvió a bajar a la bodega, se tomó un buen trago de vino y paladeó el pollo. Ya se había acabado una de las aves. Y el patrón que no volvía. Margot lanzó una mirada al segundo pollo y se dijo:

—Uno va detrás del otro. Creo que me sentará bien beber un traguito más.

Se bebió otro buen trago y el segundo pollo siguió al primero.

Justo en medio de la comida, apareció el patrón.

—¡Date prisa, Margot! —exclamó—. Va a llegar nuestro invitado.

—Sí, señor —respondió Margot—. Ya me encargo de todo.

El patrón fue a comprobar si la mesa estaba bien puesta, cogió el cuchillo de trinchar y empezó a afilarlo. En esas que el invitado llamó a la puerta, educada, discretamente. Margot acudió a abrir y cuando vio al invitado, se puso el dedo sobre los labios y dijo:

—¡Silencio! ¡Silencio! Desaparezca corriendo. Si mi patrón le ve, pasará un mal rato. Es cierto que le ha invitado a comer, pero es para cortarle las dos orejas. Escuche cómo afila el cuchillo.

El invitado oyó, en efecto, que estaban afilando el cuchillo y volvió a bajar por las escaleras todo lo deprisa que pudo. Margot, sin cortarse un pelo, corrió hacia su patrón diciendo como asombrada:

—Vaya, qué invitado más raro.

—¿A qué te refieres, Margot?

—Ha cogido los dos hermosos pollos de la bandeja
y ha salido corriendo.

—Esto no se hace —dijo el patrón, lamentando haber
perdido dos pollos tan hermosos—. Al menos podría
habernos dejado uno para nosotros.

Le gritó que volviera, pero el invitado
hizo como si no lo oyera. Entonces
el patrón empezó a perseguirlo
con el cuchillo en la mano
y gritando:

—¡Solo uno!, ¡solo uno!
—refiriéndose a que le dejara
al menos uno de los pollos.

Pero el invitado,
creyendo que hablaba
de sus orejas, corría
como alma que
lleva el diablo,
para conservarlas
las dos.

Munacar y Manacar

*Cuento ilustrado
por Jean-Louis Thouard*

En la isla de Erin viven gran cantidad de personajes de fábula: duendes, elfos, silfos, hadas, así como gigantes, demonios y otras criaturas cuyos nombres solo Dios conoce.

Es cierto que estos seres no suelen mostrarse a la vista de la gente, y si lo hacen es únicamente durante la noche de San Juan o en la espesa bruma del primero de noviembre, cuando el invierno se instala sobre la isla.

Su verdadero reino es el de las grutas fantásticas que se esconden bajo el nivel del mar, el de los fondos huecos de los árboles y el del corazón de las montañas, donde muchos se refugiaron cuando los hombres invadieron la isla de Erin.

Con todo, tienen muchos puntos en común con los humanos: se quieren, se pelean, se reconcilian.

Precisamente en estos aspectos los dos duendes Munacar y Manacar eran muy parecidos a los hombres.

Vivían juntos desde hacía décadas, siglos incluso, y a simple vista no había forma de distinguirlos: con el mismo gorro y una misma nariz picuda, las mismas camisas, los mismos zapatos; pero si se les observaba de cerca, se veía que Manacar era algo más rechoncho que su compañero y tenía la boca más grande, con dientes enormes. De hecho, Manacar comía sin parar, hasta el punto de que se habría comido las provisiones de Munacar él solo.

Cierto día fueron juntos a coger frambuesas. Munacar llenaba concienzudamente su gran cuerno de buey mientras Manacar perdía el tiempo.

Una vez el cuerno lleno, Manacar se lo arrebató, fue a sentarse sobre un tocón y empezó a atiborrarse.

Munacar se enfadó mucho y rezongó: «Tú espera y verás, te voy a dar una paliza que no vas a olvidar en mucho tiempo». Acto seguido, se puso a buscar un buen palo.

Cuando encontró un recio avellano de ramas flexibles, se plantó ante él y le dijo:

—¡Este Manacar me trae
de cabeza! Es más vago que
un lirón y solo piensa en comer.
Pero no le voy a dejar cebarse así,
le voy a dar una buena. Por favor,
avellano, dame una vara…

—Tus problemas no me
interesan —silbó el árbol—.
Si quieres una varita, búscate
un hacha.

Munacar fue a buscar un hacha y le dijo:

—¡Este Manacar me trae de cabeza! Es más vago que un lirón
y solo piensa en comer. Pero no le voy a dejar cebarse así, le voy
a dar una buena. El avellano me dará una vara si tú me la cortas.
Por favor, hacha, ven conmigo.

—¿Sabes? Me aburres con tu Manacar —gruñó el hacha—.
Si quieres que te corte una vara, antes tendrás que buscar
una muela para afilarme.

Munacar fue a buscar una muela.

—¡Este Manacar me trae de cabeza! Es más vago que…
y bla, bla, bla. El avellano me dará una vara si el hacha me la corta.
El hacha me la cortará si tú la afilas. Por favor, ven conmigo…

—A mí tu Manacar me importa muy poco —rezongó
la muela—. Antes de afilar tu hacha, supongo que sabrás
que tienes que sumergirme en agua, de modo que ¡tráemela!

Munacar fue corriendo hasta el río en busca de agua.
Se detuvo en la orilla y empezó con su cantinela:

—¡Este Manacar me trae de cabeza! Es más vago que un lirón
y solo piensa en comer. Pero no le voy a dejar cebarse así, le voy
a dar una buena. El avellano me dará una vara si el hacha me
la corta. El hacha me la cortará si la muela la afila, la muela la afilará
si la sumerjo en agua. Por favor, río, dame un poco de agua…

—Te la daré de buena gana —rugió el río—, hace ya mucho
tiempo que Manacar se merece una buena tunda.

Y Munacar se alegró por fin. Pero su alegría duró poco:
¿cómo iba a transportar el agua? Se sentó en la orilla y se puso
a pensar: reflexionó largo y tendido, hasta que se acordó
de que Manacar se había quedado con su cuerno para comerse
las frambuesas.

Salió disparado como una flecha hacia el claro.

Pero cuando llegó no quedaba ni rastro de Manacar: solo había
un cuerpo que yacía entre frambuesas. En ese momento Munacar
distinguió el gorro puntiagudo de su compañero, un zapato
y un trozo de la camisa.

¿Qué había sucedido?

«Por lo visto, Manacar se ha atiborrado de tal forma de frambuesas que su cuerpo ha estallado», pensó Munacar. Y lo había adivinado: porque ya lo veis, hasta los duendes de los cuentos de hadas pueden ser víctimas de su propia glotonería.

El delicioso veneno
Cuento chino

En una pequeña escuela rural, un viejo maestro se esforzaba en instruir a los niños del pueblo. Había obtenido tiempo atrás el diploma de bachiller y conocía a fondo los escritos de los sabios chinos, pero nunca le habían concedido un puesto de trabajo y debía contentarse con enseñar en ese pueblo aislado.

En el presente, enseñaba a los niños a diluir la tinta china y a escribir con unos trazos esmerados un centenar de caracteres. Ch'on: el cielo, chi: la tierra; arriba, luego abajo, repetían a coro los alumnos recitando el abecedario que el maestro se esforzaba por meterles en la cabeza.

Un día, un alumno observó que, durante la clase, el maestro sacaba un tarro del armario y, a escondidas, se llevaba algo a la boca. Esto despertó su curiosidad.

¿Qué delicioso manjar debía de comer para ocultarse de este modo? El alumno decidió descubrirlo por sí mismo.

Aprovechando la ausencia del maestro, hurgó un día en el armario rápidamente y descubrió, detrás de los gastados ejemplares del abecedario de mil caracteres, un pequeño tarro

envuelto con papel y fuertemente atado. Al lado se ocultaba
una cuchara. Esto avivó aún más la curiosidad del niño.

—Señor maestro, ¿qué es ese tarro que guarda usted en
el armario? —preguntó inocentemente cuando entró el maestro.

—¿Qué?, ¿qué tarro?

—¡Ahí, en el fondo del armario! Lo vi por casualida del
otro día, mientras ordenaba los pinceles.

—¡Ah, te refieres al pequeño tarro! Sobre todo, que no se te
ocurra tocarlo. Contiene un poderoso veneno. Quien lo pruebe,
morirá —le advirtió el maestro con gravedad.

Pero el niño no acababa de creérselo. ¿Veneno? ¿Iba el maestro
a saborear con tanto deleite y placer un veneno?

En cuanto el maestro volvió a ausentarse, el niño hurgó de nuevo
en el armario. Sacó el tarro, desató el cordón y sacó el papel que lo
envolvía. Observó el contenido: un líquido viscoso y amarillento.

«Si el maestro lo encuentra tan rico, ¿por qué no va a gustarme
a mí también?», pensó. Y acto seguido metió el dedo en el líquido
espeso y se lo chupó prudentemente… ¡Era una verdadera delicia!

«¿Veneno? ¡Esto es miel!», constató el niño la mar de contento.

Dudó un instante antes de continuar, pero venció la glotonería.

«Si le robo una o dos cucharadas a este avaro, ni siquiera se
dará cuenta», se dijo.

Pero la miel era tan buena, que pronto vació el tarro.

«¿Y ahora qué voy a hacer?» El niño se asustó un poco, pero al fin se le ocurrió una idea.

A su regreso, el maestro oyó unos fuertes quejidos procedentes del patio. Se precipitó en el interior y encontró al niño tendido en el suelo y agarrándose fuertemente la barriga. A su lado, la bandeja que servía para diluir la tinta yacía rota en mil pedazos. El maestro tenía este precioso objeto en gran estima, pues era regalo de un viejo amigo y famoso poeta.

—Señor maestro, ¡perdóneme, se lo ruego! He cometido un pecado mortal.

—¿Qué? ¿Has sido tú quien ha roto esta magnífica bandejita?

—Perdóneme, señor maestro, se me resbaló de las manos. Sé que merezco morir por esta torpeza y yo mismo quería expiar mi falta antes de su regreso poniendo fin a mis días. ¡Ay, cuánto sufro! —gimió el niño.

—¿Qué? ¿Poner fin a tus días? ¿De dónde has sacado tal tontería?

—Perdóneme, señor maestro, me muero. Tenía tanto miedo de que se enfureciera conmigo que me he bebido el veneno que

tenía en el armario —explicó el niño, retorciéndose como
si estuviera sufriendo un martirio.

—¡Granuja! ¡Poner fin a tus días! ¡Espera y verás! Te aplicaré
un correctivo que nunca olvidarás —gruñó el maestro.

Pero por debajo del bigote sonreía al pensar en el modo
en que ese travieso niño le había engañado.

La olla de barro

Cuento ilustrado por Vincent Vigla

Hace mucho tiempo vivían en una aldea una niña y una madre que se ganaban la vida prestando sus servicios a los labradores vecinos y criando algunas gallinas para vender los huevos en el mercado.

Un buen día la joven fue al bosque a recoger fresas silvestres. A mediodía se sentó a la orilla de un curso de agua y se sacó un trozo de pan del bolsillo para almorzar. Al instante apareció una mujer muy vieja, toda llena de arrugas.

—¿Querrías compartir conmigo tu pan? —le preguntó.

«Esta mujer es mucho más pobre que yo», pensó la niñita, observando con compasión los andrajos de la mendiga.

—¡Coja el trozo entero! —le dijo con una sonrisa—. Yo ya vuelvo a casa y puedo cortarme otro pedazo.

Mentía, pero lo hacía para que la anciana no se sintiese mal.

—¡Gracias! —dijo esta aceptando la oferta—. Eres amable y generosa. Yo también te voy a dar una cosa.

Se sacó de entre las ropas una pequeña olla de barro y se la dio.

—Cuando vuelvas a casa, ponla en la mesa. Si tienes hambre, dile:

«Ollita, quiero comer», y se llenará al instante de una deliciosa sopa. Cuando no quieras más, dile: «Ollita, ya está», y se parará. Que no se te olvide lo que tienes que decirle.

La anciana desapareció tan misteriosamente como había llegado y la muchacha corrió a su casa para contarle la aventura a su madre.

—¡Ollita, quiero comer! —le dijo tras ponerla sobre la mesa.

El recipiente se llenó con una espesa sopa que olía a tocino. Se llenó... ¡hasta las asas!

—¡Ya está! —exclamó la joven antes de que se derramase.

La madre y la hija comieron con gran apetito. ¡La sopa estaba deliciosa!

Al día siguiente la niñita fue al mercado a vender huevos. Había tantos compradores que decidió quedarse hasta venderlos todos. Ya había pasado la hora del almuerzo y todavía no había vuelto a casa.

—¡Ollita, quiero comer! —dijo de repente la madre, harta de esperar.

El recipiente se llenó al instante de un espeso caldo que olía muy bien. La madre sacó una cuchara y un plato del aparador y, cuando se dio la vuelta, vio con consternación que el caldo había rebosado. El líquido se derramaba por la mesa, caía sobre el banco e inundaba el suelo. Presa del pánico, tapó el recipiente con el plato que tenía

en las manos, pero de nada sirvió. La olla de barro ignoró
la tapadera y continuó echando caldo. Caía por todas partes.
Parecía la crecida de un río. El caldo subía y subía… y la pobre
mujer tuvo que refugiarse en el granero. El líquido salió por
la ventana, bañó el camino y se dirigió hacia el pueblo…

—¡Ya está! —gritó con todas sus fuerzas la niñita, que por fin
regresaba del mercado.

La ollita dejó de hacer caldo, pero había tanto que los campesinos
que volvían de los campos no podían acceder a sus casas. Antes
tenían que comerse el caldo. Pero nadie se quejó: ¡estaba riquísimo!

El gato y el ratón
Cuento francés

Un gato y un ratón se habían hecho amigos y vivían juntos en un granero. El ratón era sensato y ahorrativo, y aunque se encontraban solo a principios de verano, ya pensaba en los rigores del invierno.

Un día, descubrió un gran pedazo de tocino y corrió a informar a su compañero.

—Tendremos provisiones para la estación fría —dijo lleno de alegría.

El gato, que dormitaba al sol, abrió un ojo y se desperezó con indolencia.

—¿Dónde lo escondemos? —preguntó el ratón—. En el granero ni hablar, ¡qué tentación!

—Bajo el altar de la iglesia —propuso el gato—. Es un lugar totalmente seguro.

Y escondieron allí su tesoro. El ratón, que ya no estaba preocupado, disfrutaba aliviado de la vida. Sin embargo el gato, que era muy glotón, no hacía más que pensar en el pedazo de tocino. «¿Por qué esperar tanto tiempo? —pensaba relamiéndose los bigotes—. Me comería un trozo ahora mismo…»

—Mi prima, la que vive en el granero de trigo, acaba de tener un gatito atigrado. Como soy el padrino, tengo que ir mañana

al bautizo —dijo al ratón, tras haber encontrado un pretexto para ir a la iglesia sin despertar las sospechas de su amigo.

—¡Que te diviertas! —respondió amablemente el ratón—. ¡Acuérdate de mí si sobran algunas migajas!

Al día siguiente, el gato se marchó a la iglesia. Sacó el pedazo de tocino de debajo del altar y, después de haberlo olisqueado y lamido, se zampó toda la corteza. Satisfecho, se tendió sobre un tejado, perezosamente, al calor del sol.

—Mira que granero más limpio —dijo el ratón cuando el gato regresó. He pasado todo el día ordenándolo. Y tú, ¿te has divertido?

—¡Mucho! —respondió el gato—. ¡Qué bautizo tan bonito! He comido bien, lo siento pero no ha quedado ni una miguita para ti.

—Mala pata —dijo el ratón, —. ¿Cómo se llama tu ahijado?

—Se llama… —vaciló el gato—. Se llama… ¡Corteza!

—¡Qué nombre más raro! —murmuró el ratón.

Pero el gato ya se había apelotonado en un rincón para dormir.

—Mi prima, la que vive en el trastero, acaba de tener un gatito blanco —dijo el gato unos días más tarde—. Como soy el padrino, tengo que ir mañana al bautizo.

—¡Que te diviertas! —respondió amablemente el ratón—. ¡Acuérdate de mí si sobran algunas migajas!

El gato se presentó por segunda vez en la iglesia. Sacó el pedazo de tocino de debajo del altar, se comió toda una mitad y de nuevo se instaló en un tejado para dormir al sol.

Cuando volvió al granero, todo estaba ordenado.

—¡Debes de haber pasado el día limpiando! —dijo al ratón.

—¡Ya lo ves! —dijo este complacido—. ¿Y tú, te has divertido?

—¡Mucho! —respondió el gato relamiéndose los bigotes—. He comido muy bien. Lo siento pero no ha quedado ni una miguita.

—Mala pata —dijo el ratón—. ¿Cómo se llama tu ahijado?

—¡Se llama Mitad! —respondió el gato sin vacilación, puesto que ya había meditado al respecto antes de entrar.

—¡Qué nombre más raro! —murmuró el ratón.

El gato tuvo remordimientos por haberse comido la mitad

de las provisiones del invierno. Así que se prometió no tocarla otra mitad, pues era la del ratón. Sin embargo, ¡su glotonería era más fuerte!

—Mi tía, la que vive en el molino, acaba de tener un gatito negro. Como soy el padrino, tengo que ir mañana al bautizo —dijo el gato al ratón.

—¡Que te diviertas! —le contestó.

El gato comió casi todo lo que quedaba del tocino y solo dejó un trozo pequeño.

«Para el ratón», pensó al principio. «Si estuviera aquí, lo compartiría conmigo», pensó luego… Y pronto quedó tan poco tocino, que el gato prefirió terminárselo todo.

—¿Has comido bien? —le preguntó el ratón a su vuelta.

—¡Mucho! —respondió el gato mirándolo con una expresión extraña—. No ha quedado ni una migaja.

—¡Vaya! —contestó el ratón—. ¿Cómo se llama tu nuevo ahijado?

—¡Enterito! —respondió el gato.

—¡Qué nombre más raro!

—¡El suyo! —exclamó el gato—. Nunca sales de este granero, ¿cómo vas a ponerte al día?

El ratón se quedó perplejo, pues su amigo nunca le había hablado en ese tono. Se tragó las lágrimas y se olvidó de la pelea.

Pasó el verano, luego el otoño… empezó a caer la nieve.

—Vamos a la iglesia a buscar nuestras provisiones —dijo el ratón.

El gato lo siguió sin decir nada. El ratón miró por todos los rincones bajo el altar y no encontró el pedazo de tocino.

—¿Dónde está? —lloró—. ¿Qué ha pasado aquí?

—Un ladrón, seguro… —susurró el gato mirando hacia otro lugar. El ratoncito comprendió de pronto que su amigo lo había traicionado.

—¡Te lo has comido tú! —gritó—. ¡Mentiroso! ¡Egoísta! ¡Malvado! ¡Tragón!…

Le soltó tantos reproches que el gato, abrumado, para no seguir oyéndolo gritar prefirió comérselo.

No podía terminar de otro modo, pues un gato y un ratón no pueden permanecer amigos largo tiempo…

Hansel y Gretel

Ilustrado por Quitterie de Castelbajac

En la linde de un gran bosque vivía un pobre leñador con su esposa y sus dos hijos. El niño se llamaba Hansel y la niña Gretel.

Un invierno fue tal la hambruna que sufrió la región que el leñador dijo a su esposa suspirando:

—¿Cómo vamos a seguir alimentando a nuestros hijos si ya no nos queda nada?

—¿Sabes, esposo mío? —respondió la mujer—. Mañana al amanecer llevaremos a los niños al bosque y los abandonaremos. Como no encontrarán el camino de vuelta, nos libraremos de ellos para siempre.

Sin embargo, los pequeños, que estaban detrás de la puerta, lo oyeron todo...

Al despuntar el alba, la mujer despertó a su marido y a los dos críos, y los cuatro se encaminaron rumbo al sombrío bosque.

Al llegar el mediodía, Gretel compartió el pan con Hansel, quien había arrojado miguitas del suyo para marchar el trayecto de vuelta. Los padres desaparecieron con el pretexto de ir a

recoger leña para encender un fuego. Entonces los dos hermanos
se durmieron apretados el uno contra el otro, pasó la tarde y nadie
regresó a su lado. No se despertaron hasta que fue noche cerrada
y, cuando salió la luna, se pusieron en pie y buscaron las migas
de pan; pero los pájaros, también hambrientos, se las habían comido.

Caminaron toda la noche y el día después, desde la salida
hasta la puesta de sol, y el hambre se apoderó de ellos y no
les abandonó. Entonces, agotados, se tendieron bajo un árbol
y se durmieron.

La tercera mañana de su marcha, descubrieron una extraña
casita construida con dulces: las paredes eran de pan de jengibre,
la puerta de turrón y las ventanas de azúcar candi.

Así que los dos hermanos se pusieron a comer y comer,
atracándose felices de golosinas.

Pero de golpe apareció ante ellos una mujer vieja como
las piedras... Los invitó a entrar y les ofreció su hospitalidad.

Ellos se introdujeron confiados en la casita, pero...
era una trampa, pues la bruja, en cuanto los había visto,
había planeado: «Con el niño me daré un festín
y la niña será mi criada».

Cuando los niños comprendieron que eran prisioneros
de una bruja, ya era demasiado tarde. En los días que siguieron,

Gretel solo comía cáscaras de cangrejo y todas las mañanas
la bruja iba a la cuadra y gritaba:

—Hansel, enséñame el dedito para que yo vea si has
engordado lo suficiente.

Y el niño le enseñaba un hueso de pollo para mostrarle
lo delgado que estaba...

Transcurrieron cuatro semanas y, una mañana, la vieja perdió
la paciencia.

—Venga, Gretel, date prisa y trae agua —ordenó a la niña—.
Esté flaco o gordo, mañana mato a Hansel y preparo con
él un cocido.

—¡Ay! —se lamentó la pobre hermanita—. ¡Ojalá nos hubieran
devorado las fieras del bosque! ¡Al menos habríamos muerto juntos!

Ese mismo día, Gretel tuvo que ir a buscar el caldero, llenarlo
de agua y encender el horno del pan.

—Sube ahí dentro para ver si está lo bastante caliente
y podemos hornear unas hogazas de pan —mandó la vieja.

Pero Gretel replicó que no sabía cómo hacerlo y, cuando
la bruja se dispuso a mostrárselo, Gretel le propinó un empujón
tal que la arrojó en el horno, luego cerró la puerta de hierro
y corrió el pestillo. ¡Buff!

La vieja se puso a dar unos gritos horribles, pero Gretel

se marchó y la maldita vieja se quemó
toda entera.

Gretel corrió de inmediato a liberar
a Hansel, que estaba encerrado
en la cuadra. Hecho esto, los hermanos
brincaron de alegría y se besaron.
Como no había nada que temer,
recorrieron toda la casa de la bruja.
Estaba llena de cajas de perlas
y piedras preciosas...

Al marchar, se cuidaron de
abastecerse con víveres para
el camino y leña
para calentarse
durante la noche.

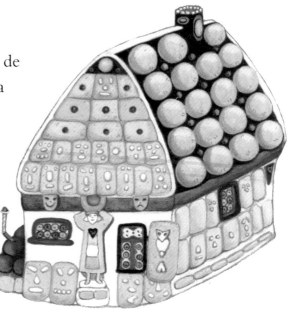

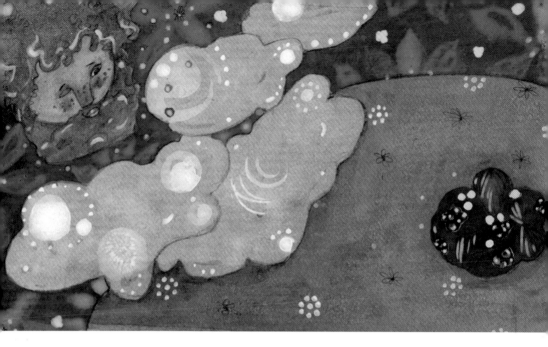

La historia del frambueso

Cuento checo ilustrado por Laura Guéry

Una hermosa mañana, el Sol se despertó, se frotó los ojos, se estiró y luego observó la Tierra atentamente para ver qué pasaba por allí. Esa mañana, el Sol había tomado la decisión de buscar a un ser que fuera por entero feliz. Ya estaba harto de que todo el mundo se quejara y estuviera de mal humor.

Al darse la vuelta, descubrió un pequeño frambueso.

—¡Dime, frambueso! Soy yo, el Sol, quien te llama. ¿Tienes alguna queja que presentarme? —preguntó.

El frambueso respondió de inmediato:

—¿Yo? ¡No! ¿Por qué iba a quejarme?

—Pero frambueso, ¿no te gustaría ser más alto o tal vez más bajo? —inquirió el Sol—. ¿No preferirías florecer antes o en otro momento más tardío del año? ¿O no querrías quizás crecer en otro lugar?

—¡Oh, no, ni hablar! —respondió el frambueso—. Soy totalmente feliz —contestó exponiendo ante el Sol sus hojas y sus preciosas y maduras frambuesas.

El astro se regocijó. Por fin había encontrado a alguien que no le pedía nada. El Sol ya había ayudado a las moras y las fresas. Había reconciliado a la seta calabaza y al níscalo, había alegrado la vida al triste arándano. Todo ello le había llenado de gozo,

pero también le había cansado un montón. Así que decidió
concederse un día de reposo y quedarse acostado bajo
su gran edredón de nubes. Se sentía feliz y tuvo ganas de cantar:

Si estás enfurruñado,
si te sientes apenado,
si no estás contento
y si te sientes inquieto
cuéntame tus desengaños,
díselo todo a tu astro,
que te iluminará con sus rayos.

Al terminar la canción, el Sol volvió a mirar al complacido
frambueso y le dijo por curiosidad:

—No quisiera entrometerme en asuntos que no son de mi
incumbencia, pero me gustaría saber por qué no te quejas.

¡Es tan raro encontrar a alguien tan satisfecho como tú!
Ciertamente es algo insólito.

El frambueso sonrió para sus adentros.

—¡Qué bobalicón eres! ¡Es fácil! Voy a darme el gusto
de explicártelo. ¡No quiero nada porque soy muy guapo!
De hecho, soy el arbusto más guapo de todo el bosque.

El Sol se quedó pasmado ante tal respuesta. Y siempre igual
de orgulloso, el frambueso prosiguió:

—Como puedes ver, mis frutos son los más dulces y deliciosos
de todo el bosque. Seguramente ya sabrás que el zumo de frambuesa
es la más exquisita de todas las bebidas. ¿Qué digo? Es más que
un néctar... Así pues, tengo todas las razones para sentirme feliz
y satisfecho.

—¡Sí, sí! Entiendo que..., sí, realmente entiendo... —titubeó
el Sol, algo aturdido ante tanta jactancia.

El Sol permaneció unos instantes inmóvil para recuperarse.
Es cierto, había querido encontrar a un ser feliz, alguien que
no estuviera siempre quejándose, pero esto ¡era el colmo!
El Sol experimentaba una extraña sensación y pronto comprendió
por qué: la vanidad del frambueso superaba todos los límites.
Entonces el Sol se despidió educadamente.

—Debo partir. Dado que no necesitas nada...

—Hum... ejem, ejem —balbuceó el frambueso con aire
incómodo—. Si solo... si pudieras abocinar la mano...,
ya sabes, como si fueras a tocar la trompeta... y decir al mundo
entero que yo, el frambueso, tengo los frutos más bonitos,
más perfumados, más exquisitos, más dulces... ¿Quieres cantar
simplemente mis alabanzas?

Nadie se extrañará del poco entusiasmo que mostró el Sol
ante tal requerimiento. Su puso a cavilar, a pensar, a reflexionar
y, de repente, se le ocurrió una idea. En su ojo brilló una traviesa
chispa y entonó esta canción:

La prudencia, la prudencia
me libra de la necedad.
En lo alto de mi fortaleza
todo es comodidad.

Más tarde, tal como había deseado el frambueso, el sol pregonó por todo el mundo que era la frambuesa era el fruto más dulce, más bonito y más exquisito de todos. Desde entonces, todo el mundo sabe las delicias que depara este arbusto, sí, todo el mundo sin excepción, desde el hombre hasta el más diminuto de los insectos. Incluido el gusanito que pronto se metió en las frambuesas. Hizo un agujerito y se instaló cómodamente allí. Desde entonces, devora, una tras otra, todas las frambuesas y entre dos dulces bocados, repite:

—¡Ñam, ñam! La frambuesa es el fruto más dulce, más bonito y más exquisito de todos. Gracias, Sol, gracias. Nunca hubiera encontrado este suntuoso manjar sin ti.

El sol siempre responde.

—Es un placer. No tienes que darme las gracias, amigo mío.

¿Y el frambueso? ¿Qué piensa de todo esto? Es evidente que no se esperaba tales consecuencias. El gusanito que se ha instalado en el interior de sus frutos perjudica su belleza.

Pero es inevitable. Cuando uno es el mejor, vale la pena conservar la humildad. El que se pone a proclamar sus virtudes al mundo entero, pronto sufrirá la misma suerte que el frambueso...

Desde ese día, el Sol sonríe dulcemente con su barba de nubes...